청어詩人選 474

녹두꽃 피다

류순자 제 5 시집

청어

녹두꽃 피다

류순자 제5시집

시인의 말

나는 동학혁명 성지 정읍에서 태어나 자라났다.

황토현 덕천에서 날개가 달린 사람이 탄생하였다는 이야기를 어릴 적에 어머니한테 들었다. 지금 생각하면 녹두장군인 것 같다. "새야 새야 파랑새야 녹두밭에 앉지 마라" 노래를 부르며 초등학교 친구들과 뛰어놀던 고무줄놀이가 정겹게 떠오른다.

문우들이 부족한 내 시 「쑥국새 이야기」를 읽고는 전봉준 시인이라고 불렀는데 그때부터 나의 별칭이 되었다.

그리스 신화에 나오는 말랑말랑한 열쇠 같은 시적 재능이 내게 있었으면 시집 『녹두꽃 피다』가 더욱 귀중한 작품이 되지 않았을까 아쉬움이 남는다.

전봉준장군 고창 생가, 정읍 살던 집과 묘소.

김개남장군 정읍 생가와 묘소.

손화중장군 정읍 생가, 부안 체포지와 정읍 묘소.

정읍의 동학혁명 지도자들 생가와 유적, 전남 무장, 장성 싸움터를 찾아다녔다. 서울 종각 옆 전봉준 동상도 때때로 찾아가곤 하였다. 하지만 산에 들에 원통하게 스러져간 무명의 동학농민혁명가들께 애도의 묵념을 드리지 못하였다. 이 시집 『녹두꽃 피다』를 그분들께 올리며 묵상의 시간을 갖는다.

　멀리서 전봉준 평전을 보내주고 응원해주신 문우들께 감사드린다.

2024년 12월 25일
류순자

차례

2부   징채는 살아 있다

3부 쑥국새 이야기

4부　녹두꽃 피다

1부

정읍아리랑

정읍아리랑

우리들의 어머니 아버지 무덤이 있고요
부모님이 손톱 밑 닳아지게
일구어 놓은 다랑논이 있고요
'토지는 농민이 주인이다'라는
농민운동이 있는 정읍은 동학혁명 성지라네
아리아리랑 스리스리랑 아라리가 났네
아리랑 고개로 날 넘겨주오

내장 저수지는 좋은 일이 올 것이라는
내장산 서래봉을 받들고
단풍은 세월이 흘러도 꽃보다 곱다고
대웅전 처마 밑에서 초승달이 웃네
아리아리랑 스리스리랑 아라리가 났네
아리랑 고개로 날 넘겨주오

정읍이라 새암 정자 물 인심 좋구요
이사 가는 사람에게 이사비용 주는
김 통장님 사람 인심 좋구나
인생 말년에 아들딸네 곁 서울로 이사 간다네
아리아리랑 스리스리랑 아라리가 났네
아리랑 고개로 날 넘겨주오

동진강은 흐른다

동진강은 흐른다
농자천하지대본이라고
우리네 가슴으로 가슴으로
푸르게 흐른다

배고픈 농민이 동진강 뚝
죽어가면서 만들었다
수세를 감면해준다 해놓고
폭정은 농민을 짓밟았다

녹두장군 큰 뜻 안고
땅 주인이 농민이고
농민이 나라의 주인이라고
동진강은 흐른다

들리는가 형제여

공허한 메아리가 있는 비무장지대를 갔지
송아지 울음보다 어둡게 비무장지대가 울었어
오랜 세월 변하지 않는 것이 있다면
피는 물보다 진하다는 것

핏줄을 갈라놓은 판문점 콘크리트 분계선을
북측 김정은 위원장과 남측 문재인 대통령
둘이 손잡고 넘어가고 넘어오고 순간에 허물었어
텔레비전 장면을 보니
가슴이 설레었어

오늘 우리 동네 사람들이
남과 북을 잇는 임진강을 보고 싶어서 왔네
강물 속에서 물고기들은 마음대로 오고 가고

임진강 통일전망대에서 예성강이 보인다니
고개를 백로 모가지처럼 빼고
망원경으로 작은 도랑 보이는 끝까지
보고 또 보았네

들리는가 형제여
내 살던 고향엔 살구꽃 피었네

봄이 온다

키 낮은 민들레
노란 횃불을 들고 길가로 쭉- 나섰다
산골 동네 길에서도 쭉 나섰다
판문점 남북정상회담 축하하러
서울 광화문으로 간단다

노란 민들레 말한다
꼭 조국 통일은 이뤄진다고
4월 27일 북녘 국무위원장
문재인 대통령과 손잡고
판문점 분계선을 발로 밟고 남측에 왔다

무궁화꽃

케케묵은 냄새가 나는 집에 들어간 날
일본 생활이 배가 고파 먹을 것을 찾습니다
용하게 찾은 감자를 삶아 먹고 나중을 염려하여
보자기에 싸서 들고나오는 조선 마지막 황녀

염천 하늘 불볕더위에
산비탈 밭에 따개비처럼 딱 붙어
풀을 매는 허리 굽은 할머니

기역 니은을 몰랐는데 다리가 ㄱ자로 구부러졌습니다
냉동고에 얼린 페트병을 등에 걸어 매고
큰길 가에서 호미질을 하는 공공근로 할머니

머리 벗어지게 뜨거운 날
얼음봉지 머리에 이고 좌판에 파는 상치 마를까 봐
해를 가늠하는 할머니

무궁화꽃이 참 많이 피었습니다

바람꽃 아리랑

알아주지 않는 쥐똥나무도
알아주는 이팝나무도
하늘을 향하여 눈을 뜨게 하는 바람
바람이 없이 어느 욕망을 이룰까

아리랑 춤을 항상 가난하게 추지만
조국 통일 바람을
팔에 가득 안고
항상 탁본하는 아리랑

바람이 너울거리니

가로등이 내 방 유리창에
그림을 그렸사옵니다
여름 바람에 팽나무 팽팽하게
너울거립니다

저 바람을 어찌 하오리까요
모시옷을 입은 바람에
조선 제일가는 교방춤
팽나무와 너울거려 볼까요

목련꽃은 바람에 나부끼고

목련꽃에게 천년 그리움
원시적인 사랑이 있었다

봄바람이 휘날리는 날
남자 화장실 앞에서
햇살이 투명하도록 웃는 목련꽃
야무지게 휘몰아가는 야들야들한 사랑

이어지는 휘모리장단
차분함으로 사랑을 숨길 수 없는 바람
천년이 왈칵 쏟아지는 목련꽃

마라도 바람

내 몸의 뼈가 규격에 맞추어
노동으로 장열하게 살다가
어깨뼈가 통증을 호소하고
발바닥도 아프다고 짜증을 낸다

이웃들과 어깨동무하기 좋아한 어깨
허튼가락에 춤추기 좋아한 발바닥
낮은 곳을 무시해보지 않은 발바닥

에라 모르겠다 자유스러운 자유
나는 바람에 찔레꽃 덤불처럼 엉클어졌지
최남단 마라도 바람 앞에서
누가 알아 주지 않는 똘부화가 부드러워진다

바람 따라 몇 걸음 와서 챙겨보니
스카프가 보이지 않는다
내 분홍스카프는 바람과 함께 사라지다
만개의 영혼이 자유를 누리는 바람의 나라

미세먼지 좋음

기다리던 모임
동네 친구들과 화기애애 저녁밥을 먹는다
하루 노동 끝내고 몸 마음을 내려놓는 가을밤

우리가 뭐 별것 있는가
죽으면 흙 되고 미세먼지가 된다네

직장 일 때문에 분꽃처럼 밤에만 나오는 분례
막걸릿잔 높이 들고
오늘 미세먼지 좋음

내 친구 삼월아

단맛 있고 쓴맛 있는 평생지기 삼월이
올봄에도 우리집에 찾아온다

땅은 이름 없는 풀을 기르지 않는다고
시구절이 가난한 나에게 훈수한다

맞아 삼월이 네 말이 풋 소리가 아니로구면
이름 있는 풀들이 천지에 돋아나
내 시상을 가슴 두근거리게 하는 봄

내가 이름 있는 시 한 편 못 짓고
자판기 앞에서 냉수 들이키는데
일침을 놓는다

아지랑이 물결 따라 아롱아롱한 삼월아
아이고 이 한량이 주는 술 한잔 하게나

봄등성이 가랑이 들썩거리며
자진머리로 넘어가는 진달래빛 삼월아
오는가 싶더니
가는가

봄의 침묵

사춘기 통학길에 새로 신은 백화처럼
강가에 봄이 와서
새로 핀 청매화가 새롭다

하지만 이상기후로 청매화에
벌이 없고
토실한 열매가 없고

코로나19로 사회적 거리 둔다고
도시 거리에도 시골 골목에도
사람을 볼 수 없고

코로나로 새끼를 하늘로 보낸 사람
물오리가 물을 털 듯
세상을 탈탈 털고 싶고

신매화전

봄날 군청 울타리에 사는 매화
절개는 뒷전이고
석양볕에도 활활 꽃심이 탄다

살랑살랑 봄바람이 좋은 날
풍씨네 애기 낳고
따스한 봄볕이 좋은 날
양씨네 애기 낳고
가슴 촉촉이 봄비 오는 날
우씨네 애기 낳아주고

푸른 열매를 주렁주렁 달았다
다산하여서 고맙다고
무안 군청은
무안하게 매화 가랑이 사이에
선물을 듬뿍 주었다 소똥

앵두 입술

우리 동네 앵두나무 우물가
아낙들 옹기종기 입들을 맞대고
아기 낳는 이야기 신랑 흉보는 이야기
시댁이라고 시자 따라가는 시금치도 안 먹는다는 이야기
담장 밖까지 나온 입들
하늘로 솟구치는 자유의 입들
여성가족부로 말도 많고 탈도 많은
20대 대선 이야기
나는 국민이다 하고 주인이다 하고
선거 날 투표하러 가겠다는 앵두 입술
앵두나무에 소통도 화합도 주렁주렁 열렸네

앵두 아리랑

처음 경복궁에 들어올 때는
백옥 같은 하얀 얼굴로 웃었지요
일본 놈이 경복궁 불 지르고
명성황후 시해될 때는 속이 탔사옵니다
속이 새까맣게 타서
새도 나를 안 물어갑니다
경복궁 담 밑에 수북이 떨어진 신세옵니다
새가 나를 물어 담 밖으로 보내주면 좋으련만
아리랑 아리랑 아라리요 아리랑 고개로 넘어간다

조선이 지나가고 대한민국이 오더니
축구와 한국어가 한류를 탔습니다
『소년이 온다』『작별하지 않는다』가
노벨문학상을 탔습니다
아리랑 노래가 세계로 자꾸 퍼져 갑니다
아리랑 아리랑 아라리요 아리랑 고개로 넘어간다

봄 중에 봄

속을 뒤집히는 눈부신 봄바람도
절간 처마 풍경 속에 정숙히 들어갔는데

어스름 초저녁
개진달래가 담 넘어 대웅전을 기웃거린다

장삼 입은 큰 스님 화두 깊이 짊어지고
세심대 쪽으로 갈까 말까 하더라

봄밤의 말씀

동백이 창가에서
밖으로 나오라고
나를 보고 달빛에 붉게 탄다

유혹하는 동백 옆에 섰던 매화는
나 보고 붉음은 한때고 흘러가는 것이다
흰색은 모든 것을 받아들이고
내향은 흘러가지 않는 것이니
가지 말라 가슴이 하얗게 탄다

2부

징채는 살아 있다

징채는 살아 있다

산중에 한뼘 김개남 집터
동학혁명의 좌절을 전해주듯
망초대 무성하다

쥐구멍에도 볕들 날 있다고
후미진 구석
조선파꽃이 징채로 살아 있다

나라를 지키고 백성이 편안해야 한다는
김개남 장군 목은 원통하게 잘리었다

동학농민군 오가던 길목
130년 묵은 마당에서
조선파꽃이 징을 친다
징소리 울려라 산 넘고 강 넘어
멀리멀리 울려 나가라

부모 자식 뒤로 한 사생결단
폭정에 배곯는 사람들을 구하라
울리는 징채는 살아 있다
조선파꽃 끝나지 않는 노래

풍물패 김선생

초등 아이는 용돈이 없어
비만 오면 우산 들고 뛰어가
집 근처 장성저수지에서
빙어 붕어 메기를 잡았다
비 오는 날은 물고기가 우산 위로
번쩍번쩍 뛰어오르는 모양을 보았지
식구가 많은 아이는 물고기를 잡아서 식당에 팔았지

물고기 못 잡는 날은
추수한 나락 가마니
고구마 가마니를 날라다 주고
동네 아짐들 용돈을 받았지

용돈은 없지만
친구들과 잘 어울리던 아이
초등학교 때부터 꽹과리를 배운 아이
더불어 판을 이루는 풍물패가 되었지
초등 때부터 용돈을 주던
어머니 같은 장성저수지
윤슬이 하얗게 반짝인다

손, 발이

순할 순順 구슬 옥玉
천년 옥비녀 같은 정갈한 마음으로
몸을 부린 환자 돌보기를 젊음 늙음 바치고

대화가 통하는 환자라 신문, 방송 보며 울고 웃고
환자한테 지혜 배우고, 서로 놀리고 웃고
간병을 알뜰하게 하는 순수한 구슬 옥

대학교 2학년 때부터 걷지 못하는 중환자라
성깔이 있어서 갑자기 버럭 화를 내면, 옥은 당장
때려치고 싶어도 바깥세상 사람들과
부딪치지 않아 순수한 데는 있다고
마음 써주는 좀 구식스런 옥

옥에 티라고 툴툴대다가도
얼마나 외롭고 아쉬우면 내 손, 발을 기다릴까
친동생 같은 돌보기로 함께 울고 웃고

그러다가 구슬옥에 가을이 왔다
낙엽에 잎맥처럼 종아리에
파란 실핏줄이 툭툭 서럽게 올라온다
그 많은 실핏줄은

안개

햇빛 좋은 아침
안개가 산에 그림을 그리고 올라간다
제목: 신록예찬

마당에서 항상 보는 산
생동감이 처음이다
낯익으며 낯설다
산이 신록으로 진동한다

구름을 만나다

하늘에 사람 구름이 많다

먹을 양식이 없어서 새어머니 얻은 아버지한테
돈을 빌리러 갔다 아버지가 줄듯하더니
새어머니 얼굴 한번 쳐다보고, 돈이 없다고 하는 아버지
눈물이 쏟아져 앞이 안 보여 방문턱이 안 보여
겨우 넘어왔다는 김통장님 구름

읍내 남자가 시골 아줌마 만날 때마다
예쁘다 예쁘다 하였다
말치레인 줄도 알고 속 알창 머리도 있었는데
속정 뺏기고 경제를 뺏겨
텔레비전에 압력 딱지 붙이고 신용불량자가 된 아짐 구름

가난하고 더운 나라에서 한국에 시집왔다
동네 사람이 이름 지어 준 공주
3살짜리 딸 두고 사랑하는 남편 남겨두고
둘째 임신 6개월에 갑자기 죽은 필리핀 구름

구름연가

우리 옆집 할머니 부부
찬바람 씽씽 몰아치는 겨울 저녁
비둘기집 같은 작은 대문을
바람 샐 틈 없이 꼭꼭 닫았다

늙고 쇠약해져서 말수가 없다
둘만이 서로 통하는 윤기 나는 웃음
방안에 가득 있을 것이다
낮에 마당에서 그랬듯이

깻대를 늘 지고 오던 할아버지
구름나라로 떠나갔다
이제 문패에 할머니 이름뿐
천천히 문패를 바꿀 일이지
거짓말 못 하는 할머니

할아버지 자꾸 보고 싶냐고 물으면
반쯤 감은 눈
쥐눈이콩처럼 윤이 난다
할머니 눈물에 새겨진 구름연가

나는 이래 봬도

어이 친구 우리집에 와
밥맛이 없으니 쑥범벅 만들어볼게
이웃 친구 전화다

아냐 나는 이래 봬도
밥을 좋아해
나는 밥이 하늘이야

아이구 곰은 쑥 먹고 사람 되었대
나는 사람이 덜되어서 그래

시작, 다짐

시작과 다짐이 화두
아나운서처럼 목소리 좋고,
말 잘하기로 유명한 귀뚜라미
환하게 웃기는 하지만, 남자처럼 지조 있는 매화
둘이 야단법석 입씨름을 한다

귀뚜라미: 내 노래는 가을의 전령사요
　　　　　시작과 관계가 깊다오
　　　　　내 목소리를 듣고 곡식들이 맺은
　　　　　토실한 열매는 다짐이요
　　　　　시작, 다짐은 내 영역이요
자기가 장하다 굳센 다리를 올려 보인다

매화: 나는 봄의 전령사요
　　　만물을 소생시키니 큰 시작이요
　　　추워도 헛눈을 팔지 않는 향으로
　　　다짐해서 매실을 연다오
겨울 한파에도 꺾이지 않았다고 기품 있게 웃는다

두 전령사 시작, 다짐을 마음에 품고 산다
작심 3일인 내 마음이 줄행랑을 친다

38선휴게소

목화가 38선휴게소에 유정하게 피었네
우리 몸 따뜻하게 덮어주는 솜이불
38선에도 있다는 것이려니
목화로 꽃피는 평화

양지꽃

소 끌고 가는 대화로
백두산 한라산에 봄이 온다고 양지꽃이 피었다네

도라산역 대화로
가느다란 나무 끝에 앉은 참새 목숨처럼 간당거리는데
한국전쟁에 원통한 사람 죽은 지리산에
도보다리 소식 봄이 온다고 양지꽃이 피었다네

황토현 전봉준 장군도
미국 일본 없이 우리끼리 통일하자고 외친다네

비무장지대 서곡

이곳 하면
정들은 사람 없고 정붙인 곳도 없는데
철조망을 친 곳이라 돈 주고도 갈 수 없어
호기심이 생긴다

이곳 하면
살구꽃 피는 고향 찾아가듯 나는 설레인다
청정한 웅덩이, 도라지꽃, 별을 볼 기회가
자주 없기 때문이다
자주 없이 통일은 가능한가
비에 젖는 비무장지대여
아리랑 있고, 통일 노래 있다
장구 치며 철조망 넘을 소통도 있다

별입니다
—한국전쟁 민간인 학살 추모시

그때
아버지가 죽었으니 아랫집은
지긋지긋한 가난에 귀복이 동생 배고파 죽고
어머니가 죽었으니 옆집은
동네 변방에서 기죽어 살고, 밥도 옷도 헐벗었습니다

민간인 학살로 남편이 죽어서
이씨 할머니는
밤에는 무서워
밥숟가락 문고리에 꽂고
낮에는 배고파
밥숟가락 따라가 손톱이 닳아지게 일하고
평생 외로웠습니다

영령이시여!
살다가 우리나라 민주주의가 고단한 길을 가면은
하늘에 별을 생각하겠습니다

장성의 10,600분.
세월이 흘러 다시 가을이 왔습니다
오늘 영정사진 없는 제사지만
장성단감, 장성사과 전국에서 유명하니
맛있는 과일상에 올리고 위로드립니다

민간인학살사건
피해 배상 특별법이 어서 이루어지도록
깨어있는 정신으로, 거의 다 추진하였답니다
영령님의 빛나는 별을 기억합니다

백두산 안개

백두산 천지가 보이지 안는다
정상에 안개 자욱하다
그 안개 백두산 천지로 떨어지면
천지 물이 되나니
백두산 안개로 온몸
흠뻑 적셔 보자
안개 스며들어
두 발이 천지에 잠겨 있다

압록강에서 부르는 아리랑

중국 단동에서 압록강 바라보니
신의주 냇물
자연스레 압록강에 흘러든다

맞은편 신의주 다리 위에
할아버지와 할머니 앉아 있고
어린이들 웃통 벗고 압록강에
멱을 감으러 들어간다
모두가 우리 아리랑 이웃

강 건너 신의주 동포들
오래도록 바라본다
생전 처음 보는 북녘형제 한핏줄 반가워서
우리 배는 축제처럼
손을 높이 흔들고
맞은편 그 어르신도 손을 흔든다

반가운 마음 전할 길 없어
나는 양말까지 벗어 흔들고
북녘 소도 꼬리를 흔들고
압록강에서 정답게 부르는 아리랑

세월은 흘러가도

청계천 평화시장 들어가는 다리에
22살 전태일 열사 동상
앉아 있는 어깨에 꾸밈없는 연민의 정이 쌓였다
휘발유보다 강한 신나를 뿌리고 몸을 불살라
캄캄한 지하실에서 햇빛 밝은 지상으로 솟구친
세상이 떠들썩한 인권 거리
나는 전라도 황톳길에서 52년 만에 왔다

대구 가난한 집에서 입 하나 줄인다고
서울 올라와 평생 재봉사로 사는 게 희망이다
재봉틀 하루 종일 돌리고 허리 아파 일어서면
천정이 낮아서 허리를 펴지 못하였다
수북하게 쌓인 일감을 제때 해내기 어렵다
날마다 독촉하는 윗사람

우리 노동자가 지키지 못할 노동법 만들지 말아주세요
15시간 노동을 13시간으로 단축해 주세요
일요일은 쉬어달라고 햇살 같은 열망
우리는 재봉틀 기계가 아니라고
평소에 생각 대학생 친구 하나 가져보고 싶고
목사도 한 명 알고 싶고

세월은 흘러도 두고두고 존경하리
죽으면서 마지막 말, 배가 고파요

봉선화

울 밑에 선 그대의 모태가 억울함이던가요
우리 폐부를 찌르는 애잔함이
위안부 소녀상 주위에 애처롭게 서럽니다

봉선화 그대의 목숨과 절개
일제로부터 해방되었습니다
그러나 오늘 독도를 훔쳐간다는
끔찍한 불립문자가 유령처럼 떠돕니다

자욱한 안개 속에
또다시 빼앗길라
서러운 눈물 흘리는
우리 겨레 소녀상 봉선화여

개가죽나무

개가죽나무가 코로나19로 심심한지
봄 여름 내내 나에게 눈인사를 한다
햇빛 좋은 가을날
드디어 에로스의 화살을 받고
온몸 사랑으로 붉게 타더니
진달래보다 더 붉게 타더니

그날을 향하는 나만
아주 옛적 화려한 동굴벽화 그림이 된다

만들고

배꽃이 달빛을 먹고 살더니
미련하게
그리움을 만들고

앵두꽃이 바람을 먹고 살더니
봄바람 나서 서울로 가는 밤 봇짐
옥이를 만들고

탐관오리 폭정에 시달리더니
옹이 생긴 농민이 자기 권리를 찾는
동학혁명을 만들고

불경기타령

행님이요
친구 아들 결혼한다는데
시브럴 삼일 날인가
어떡헐지 모르것네

고개를 젓치고 목청 떨어지게
박장대소하였다
왜 웃노
저도 영문 모르고 나 따라 마구 웃는다
친구 일그러진 얼굴과 달리
웃어서 미안하다

십일월 삼일 결혼할 신랑 신부
많이 웃어서 딸을 낳을 거다

김대리

오늘 또 몇 사람 권고퇴직시키는 회사
실직 위기 앞에 선 김대리
우울한 퇴근길

집에서 기다리는 토끼 같은 두 딸
생각하는 퇴근길

직장 상사 휴대전화가 울린다
등에서 식은땀이 흐른다

1년 넘은 코로나19 대유행
이웃 공장들이 가동 중지하더니
김대리에게도 긴급사태인가

훔치는 그것
—안서방 58세에 부쳐

연장 망태기도 더워서 파김치가 되었습니다
불볕더위에 싫다는 말 한마디 없이
남의 집 양철지붕 위에서
온종일 노동하고,
숨이 푹 죽은 아버지가 주먹으로 훔치는
그것을 보았습니다
아무도 모르게 보았습니다

아버지, 내가 아버지가 되어
아버지가 훔치던 그것
주먹으로 훔쳤습니다
아무도 몰래 훔쳤습니다

새끼 먹이 앞에서 나는 자존심을 걸러내지 못하였습니다
닳아진 내 오토바이 타이어만
고개 숙여가며 일한 곳을 알지요
그림자 같은 설움이 이제야 아버지 주소를 읽습니다

3부

쑥국새 이야기

쑥국새 이야기

못다 푼 우리 속사정
우리끼리 푼다고
미국놈 가라 일본놈 가라
어젯밤 옮서 허는디
앗따 그놈 이야기 참 잘합디다
쑥국 쑥국 쑥쑥국

전봉준 장군도 아니 우리 봉준이 성도
우리 민족끼리 통일해야 헌다고
올해 8월 아무날
정읍 황토현에서 서울 광화문으로 갔다네
죽었어도 동상이 되어 갔다네 그려
쑥국 쑥국 쑥쑥국

완도는 내 남자

한낮에 네 활개 딱 벌리고
여름이 타는 남자
명사십리 해수욕장 찾는
나를 위하여
튼튼한 철선을 부둣가로 보낸다

찾아가는 나에게
태풍과 파도를 산소로 담아
생명력을 가득 채워주는 완도

억울한 누명 쓰고
유배 온 선비에게
높뛰는 파도는 걸출한 목소리로
서러운 운명을 달래도 주었지

천도복숭아

할머니가 이 예쁜 과일 이름은 천도복숭아라 한다
하늘 천川 복숭아 도桃다 알려준다
그러면 할머니, 하늘 복숭아 복숭아 그러나요?
과일가게에 가서 천도 주세요 그래야 하나요?

아까부터 먹고 싶은 천도복숭아
한 입 크게 베어 먹는데
벌레가 있다 나는
깜짝 놀랐다 벌레는
놀라지 않고 깊은
새우잠을 잔다
하늘에서 여기까지 오느라
피곤한 모양이다

풋사과

우리 집에 놀러 온 친구들 앞에
사과를 썰어 놓았다
뚱뚱한 친구가 가장 단맛이 있는
한가운데 사과를 집어간다
맛있는 곳은 사양하다가
제일 나중에 먹는다고
알려주었다
잠시 후 나는 미안해서 얼버무리며
그 친구에게 세련되지 못한 사과를 하였지
친구가 푸 웃으며
네 사과가 맛이 안 들었다고
나를 놀린다

접시꽃

온몸에 꽃수를 놓고
남편 소식 백로처럼 목을 빼고 기다린다
장사하러 중국행 비행기에 몸을 실었던 남편
코로나19로 여객선도 비행기도 발이 묶여
중국에서 어느 나라로도 나가지 못한다
남편은 돈 벌어 오겠다고
반짝이는 새끼 눈을 뒤로하였다
접시꽃 아내도 뒤로하고
몽고병사처럼 씩씩하게 중국으로 떠났다

코로나가 더욱 기승을 부린다
해가 바뀌어 눈 오는 소리 끝나고
땡볕 여름 김밥 장사하는 마스크 쓴 아내
홀로 애들을 거두기가 힘들다
중국이 지척인데 코로나로 못 오는 남편
열두달 기다림에 지친다

접시꽃 아내는 손에 쥔 돈이 떨어졌다
다리가 성하지 않아 쩔뚝거리며
시골 늙은 시부모에게 갈 수도 없다
시부모는 쩔뚝거리는 다리 때문에 결혼을 반대했다

코로나19 언제 잠깐이라도
잠들어 비행기가 오고갈까
한여름 불볕더위에 접시꽃
고운 얼굴 일그러졌다
어린 것들 끌어안고 환호하며 만날 남편
오늘도 접시꽃 남편만을 애타게 기다린다

상열지사

맹꽁이 한 쌍이 벌건 대낮
열에 달구어진 콘크리트 옹벽에
열을 열 번 더 세어도 그대로 업고 있다

뒷다리를 높이 들어 땅바닥에 뒤집어 놓았다
두 마리가 함께 뒤집힌다
뱃대기가 대웅전 단청처럼
화려하지만 유치하지 않다

맹꽁이 백면서생인 줄 알았더니
100을 가지고도 110을 누리누나

길동무

담장 넘어 들리는 할머니 인기척
자갈에 부딪치는 풀 뽑는 호미소리
새마치 장단처럼 즐겁다

90세 넘어도 어떤 재미가 있어 일을 하는 소리
기력이 다 소진되어 몸을 가누기 힘들어도
호미는 제비꽃에 인정을 두고 풀을 뽑지 않았지
홀로 마루에서 즐겨 보는 한웅큼 제비꽃
늙그막이 길동무였지
제비꽃 지는 여름
할머니 바람이 되어 갔지

나도 전라도를 넘어 멀리 이사 왔지
약수리 호미 소리를 되뇌이곤 하지

9월 같은

9월 바람 온몸에 청량하게 파고든다
잘 만들어진 영화 주제곡 가사로
마음이 허허 하다고 그 친구를 찾아가 볼까

들국화 산비탈에 가득히 핀 날
그 꽃, 바구니에 꾹꾹 담고
나머지 들국화는 한 움큼 배에 여미고 오는 친구
사람을 지치게 하는 더운 여름을
다 받아주는 9월 같은 친구

이름이 남자라 문학기행 가면
남자 방에 배정받아 많이 웃었지
나를 계속 받들라는 받들 봉奉 계봉아
내가 술 먹은 척 헛소리하면
진짜 소리보다 더 잘 웃었지
산전수전 겪어서 귀가 하나 더 있지

항상 집 앞에서 만났는데
산소 앞에서 나 혼자

가을 화두

명부전 법당 뒷길
추석 지난 강아지풀
고개 숙이고
묻는다
이뭣고?

간이역 단풍

인적 드문 간이역 불타는 단풍
가을비에 더욱 화려하고
전봉준 못다 이룬 고봉밥 사랑이런가

말귀 못 알아 듣는 통나무 같은 나의 시
가을비에 나는 춥고
전봉준 고봉밥 사랑이 더욱 그리워지네

무등산

낮빛이 밝은 사람, 어두운 사람
사람이 사는 세상
희망을 안고 산다

등급 없이 볼 수 있는 희망이여
남광주 새벽시장에서
비린내 나는 기다란 장화
물 젖은 앞치마 무등산을 본다

5·18 국립묘지 조형물이 무등산을
두 손으로 감싸고 있다
먼저 간 사람들이 무등산을 보고 있다

무등산 단풍

그날을 위하여 빛이 되는 함성
광화문 촛불
나는 자유발언 시간에 넋을 놓고 소통하는데

하늘에는 달이 환하게 촛불을 켰습니다
땅에는 우리가 환하게 촛불을 켰습니다
하늘과 사람이 민주의 꽃을 피우기 위하여
한곳을 직시합니다

시국은 쇠붙이도 얼어붙는 강추위지만
한 점 한 점 모인 촛불
거침없이 뜨거운 강물로 흐릅니다

오늘 촛불을 밝히려고
광주 무등산
단풍이 무더기로 붉었습니다

밥수저

죽지 않으려고 온종일
밥수저를 힘껏 잡는다
일거리가 많아 피곤이 태산처럼 쌓였다
코로나 감염으로 비대면 상황에 빠진 택배 김씨

택배 일은 산더미처럼 밀려오고
마진은 작아 자동차 월부금 밀리고
생활비가 팍팍한 김씨

꽃 같은 아내와 강아지 같은 딸
책임질 방법이 없다
뼈가 욱신거리는 노동으로 눈이 풀리고
생활고에 시달리다가
밥수저를 끝내 놓친다

궂은 비 오는 길
인기척이 있다
뒤돌아보니 푸른잎
떨어지는 소리

단풍잎

살기가 녹녹치 않아
가을날 낮술 한잔하고
일만 가지 가지고 싶어
불콰한 얼굴로 살더니
단풍잎 바람 되어 떠나더라

낙엽

가을 현관문을 열고 나가니
잽싸게 말을 걸어오는 낯익은 놈
제가는 길을 잘도 간다
이승이 무겁지만 나비처럼 자유롭게 날아가는
아침에 주는 경전

풍진 세상에
구멍 난 가슴이 있어 반가운 놈
내 바쁜 걸음을 붙잡아 고별한다
가다가 뒤돌아보았다 나의 고별

도토리

도토리 키재기지 뭐
이 이름을 가지고 평생을 사는 동안
얼음처럼 차가운 말 들어도 귀먹은 채 살았지
앞이 도톰한 큰 가슴이라 상처를 싸매고
엎드려 살았지

어린 새끼들
벌레에 뺏기지 않으려고
좁은 깔대기 치마로 꼭 감쌌지
우리 어머니

원적다방

가을비 오는 산사에 원적다방
눈길이 먼저 들어간다
원적에 들면 번뇌를 벗는다는 말인가
그러면 저세상이겠지

한 발 두 발 들어가니
쓰디쓴 지옥
달디단 천국이 있다
원적다방은 단테의 신곡이다

빗자루나무

내장산으로 어머니 마중을 갔다
누에 잘 키우는 어머니
내장산 높이 올라가서
길을 헤매다가 겨우 만난 것
잎사귀가 좁은 세뽕

어머니보다 큰 뽕자루
머리에 이면
얼굴이 안 보인다
바람모퉁이 돌아오는
키 작은 어머니

온종일 기다리다 만나서
나는 깨꽃처럼 학교 이야기를 하고
어머니는 독사 만났다는 산 이야기를 하고
학교 수업료를 낼 때면
내장산 뽕잎 덕을 보았다

어느 바닷물을 먹어서
이토록 속이 짜가울까
하늘로 간 어머니
하늘 향해 빗자루가 닳도록 쓸어낸다
내 가슴에 간직한 빗자루나무

두물머리 단상

북한강과 남한강
두물머리에서 만났다
보름달도 두 물이 아름답다고
물 위에 느낌표를 살랑살랑 각인한다
흐르는 물길을 누가 막을 수 있으랴

한강과 임진강
오두산 아래서
두 물이 만났다
녹슨 철조망도 두 물이 아름답다고
햇볕에 삭아진다
흐르는 물길을 누가 막을 수 있으랴

남녘에서 날아온 하얀 물새
북녘에서 내려온 하얀 물새
임진강 모래톱에서 만나 오순도순 노래한다
남북 직통 전화선이 이어진다는 예보일까
흐르는 물길을 누가 막을 수 있으랴

민달팽이

우크라이나 러시아 전쟁고아는 집이 없다
길에서 노숙한다

나라가 없으면
잠자는 곳이 남의 집이라 했지만
고아는 잠이 온다
고아는 밤새워 집을 찾는다
민달팽이 밤새워 집을 찾는다

4부

녹두꽃 피다

녹두꽃 피다

농토는 농민이 주인
나라는 밥 먹고 사는 백성이 주인
녹두장군 배고파서 하늘 높이 들어 올린 횃불
오늘 광화문 촛불
우리들 가슴마다 활짝 핀
녹두꽃 피다

밥이 하늘이다

정읍 황토현에서 무명옷 농민
기상천외한 방법으로 수탈하는 관군과 싸우고
우리를 차지하려는 왜놈과 피 터지게 싸우다
동진강으로 대둔산으로 숨을 때
허기진 농민들은 하늘을 보았다

밥이 하늘이다
폭정이 밥을 앗아가 서러운 백성
무명옷 끝나지 않는 노래
새야 새야 파랑새야 녹두밭에 앉지 마라
녹두꽃이 떨어지면 청포장수 울고 간다

황토현

밥이 하늘이다
밥으로 목숨을 바꾸는 일은 여전하다

독이 있는 옻나무 잎이라도
먹어야 시들한 목숨을 이어갔다
들풀이라도 먹으면
폭정을 일삼는 조병갑이 더 잘 보였다

곤장 맞아 죽은 아버지 죽음에
살풀이 구음으로
농민이 땅 주인이다 외치노라
녹두꽃이 떨어지면
청포장수 울고 간다 부르노라

그날 그 모습 그대로 이어지는
농민혁명 성지 황토현

백양사역 달방

백양사역에서 공사하는 한국 노동자
돼지 막사에서 일하는 네팔 노동자
누구나 들어가서 잠잘 수 있는 만월장 달방
둥근달을 보면 어머니 생각
어머니 뱃속이 둥그런 달방이어서 그랬을까

눈발이 하나둘씩 떨어지는 밤
25살 네팔 노동자는
보름달이 크고
이국에서 형제 생각에 달방이 크다

이팝꽃

정읍 황토현에서 서울까지 올라왔다만
종각 옆 전봉준의 불타는 눈빛도
허름한 옷 속으로 들어가는
배고픈 찬 바람을 막지 못하는구나

이리 빼먹고 저리 빼먹은 조병갑
폭정에 배고파 죽은 농민들이여
아픈 곳 다 씻어 주는
하늘이 있다
따스한 저 고봉밥 같은 이팝꽃

다출산

종로 사거리 신호등 앞
아침 출근 바쁜 마음들이 섰다
빨간 불
이 신호등이 빨리 지나가기를
기다리고 섰다

이른 아침 모두가 주시하는
빨간 신호등 위에서
참새 한 쌍이 업어주고 또 업어주고
청년 세대에게 다출산을 노래한다
걸어가는 사람들도 보다가 또 뒤돌아본다

돌탑산장

또다시 방랑벽이 도져
김삿갓이 궁금하다
팔도강산 물난리에 안부를 물었더니

술이 절로 나오는
주전자 찾다가 고향집 못 가고
코로나19 대유행
사회적 거리 두기로 방콕한단다
어수선한 속세에 물들지 않고
처마마다 별이 빛나는
돌탑산장에 그저 묵는단다

60년 만의 큰비
산장 계곡이 터져
큰물이 제 길로 못 간다고
콸콸 물난리가 났다
물이 외도한다고
부지런히 돌탑 쌓는
주인장을 위로한단다

죽부인

푸른 바람 구멍마다 채운 죽부인
다리 얹어 잠자리 불편하여도 불평 하나 없다
텔레비전 보느라 베개 삼아
머리를 올렸더니
머리카락을 잡아 뽑는다
저만 바라보라는 앙탈인가

제 뜻 따라 밤을 새우고 나니
낡은 풍선 같은 내 콧바람 싫다더니
죽부인 모습 그대로 내 팔에 도장 찍었다
조금은 유치한 것 같지만
올곧을 때나 휘어져야 할 때를
잘 아는 죽부인

청와대 가는 날

난생처음이라 오랫동안 기다렸다
신분증을 지참하고
시골에서 관광차 2대가 가슴 설레이며 떠난다
청와대 마당에 까치둥지, 본관에 붉은 주단을
볼 수 있는 날
우리는 저절로 목소리가 커지고
찬조금이 여기저기서 자연산으로 나온다

눈이 온다는 일기예보
시아버지가 며느리 돈 차지하려고
죽은 지 2주 된 아들이 복상하였다는
흉측한 며느리 만들 듯 엉터리일 거야

절반쯤 왔는데, 맑은 날 함박눈이 펑펑 퍼붓는다
명화처럼 멋있기는 하지만 미끄럼이 두려워
고속도로 휴게소로 들어갔다
야외에서 준비해온
점심을 먹는다

우리는 전리품 쌓아놓은 승전군처럼
서로 웃으며, 밥을 퍼주며
이웃 동네 사람과 통성명하며 밥을 먹는다
아직 못다 이룬 전투사처럼 눈물 젖은 밥을 먹는다
우리가 먹는 밥 위에 함박눈이 녹는다

거미줄보다

아파트 9층 유리창 절벽에
거미가 밤중 내내 줄을 친다

잃어버릴 만하니 소낙비가 바가지로 퍼붓는 날
용하게 일 잘하는 일벌 한 마리가 걸렸다
일벌은 온 힘을 다해 몸부림친다
거미줄이 위태롭게 흔들린다

잽싸게 달려온 거미
거미줄 일터가 영롱하게 빛난다

고층아파트 짓는 노동자가 식구를 생각하며
6층에서 용감하게 밧줄을 올라탔지
철푸덕 노동자가 땅으로 떨어진다
공사판 밧줄이 거미줄보다 가난한가

얼굴이 겨울비에 젖는다
받침대가 없었단다

이름 석자

동창 회의에 나오라고 카톡으로 이름들을 불렀다
초등학교 동창 이름들을 보니
내장사 땡감 먹던 밭이 보이고
감자 고랑도 보이고

젊어서 세상 떠난 친구
자식 뒷바라지한다고 식당에서 고생한 친구
지금 아파서 병원에 있는 친구
이장 부인 되고 과수원 일하면서 멋지게 사는 친구

이름 석 자가 세상을 만들었어라
내장사 바람 모퉁이 굽이굽이
추운 고개 이기고 설레는 그리움 찾아
흘러가는 구름 되어
보자꾸나 점 하나
될 때 까
지

인생 삽화

봄햇살 따사로이 빛나고
봄바람 가슴에 설레이는 날
흙담에 수선화잎이 참새 혓바닥만큼 나왔다

흘러간 청춘 봄의 몸짓으로 마음에 스민다
육자배기 흥으로 허송세월 억지 쓰는 인생
보고 싶은 이웃들 번개모임이다

너와 나의 고생 서로 위로하며
다심한 이야기 며느리 자랑
한강 산수정자에 도란도란 모인 이웃사촌

우리네 어머니 뱃속에서 소풍 나왔으니
인생 삽화 고운 색으로 칠해보리

인생 씨앗

이른 봄에 씨앗을 맺은 냉이를 보았다
봄에 씨앗이라니!
어두운 충격을 받는다
나는 지난 가을까지도
열매 맺은 게 하나 없는데
우울하다

내가 가진 씨앗은 무엇인가
발에 족저근막염이 생기도록
푸른 별을 동경하여 걸었건만
서릿발 차가운 세상에서
잃어버린 게 아니고 빼앗긴
경험만 인생길에 쌓였다
이것이 무슨 씨앗인지
나는 좀처럼 밤잠을 못 이룬다

황룡강 주인
—장성 군민회관 추모식에서

그 옛날 구덩이를 파고 한꺼번에 몰아넣고
흙으로 덮어버린 아픈 님이시여
느닷없이 이유 없이 생매장이 되었습니다
우리가 우리를 그랬습니다
가족이 죽은 것도 서러운데
고립시킨 연좌제와 빈곤을 대물림받았습니다

올가을 이곳 소식을 드립니다
국민이 주인이다 하고 광화문 촛불이 있듯이
장성 군민이 주인이다 하고
황룡강 노란 꽃불이 있습니다

황룡강은 오늘 추모제를 받으시는 님의 강이기도 합니다

죄송합니다 가슴에 피가 터져 죽거나,
손가락 총 헐값으로 가신님이 있어서
우리가 지금 살고 있습니다
그날을 기억하렵니다
순간의 충동에서가 아닙니다
어떤 몸짓이나 기록으로 임의 뜻을 남기는
화산에서 분출하는 용암이 우리에겐 있습니다
매서운 에너지를 발산하는 용트림이,
님을 위한 특별조치법을
만들었으니 조그마한 위로라도 되었으면 합니다

먼저 가신 임이시여, 편히 영면하소서

전사자

6월 지천에 장미가 붉은 사랑을 전합니다
그 사랑 받지 못하는 사람 있습니다

6월 밤꽃 향기에 보리밭이 넘어지려는데
그 사랑 받지 못하는 사람 있습니다

지리산 전장에 머리 터져, 피 흘리다 죽은 어린 청년
달밤 내내 우는 얼룩무늬 개구리가 되었습니다

파도가

한반도 평화가 메아리 없이
71년을 외로운 곳에서 헤매었다고
서쪽 임진강 파도가
개성에 대고 외치는 통일

안개 사이로 해금강 보여주며
동쪽 해금강 파도가
고성에 대고 외치는 통일

파도 망원경으로
눈이 떨어지게 보았다
집에 와서 보니 거기에 두고 오지 않았다

풀과 풀 사이

풀풀한 친구
아침에 밥을 배에 대고 와서
함께 밥 먹자고 웃는다

커피는 밥그릇에 타서 마시자
어제 지난 이야기를
바람 같은 친구한테 듣고 웃는다

속은 두고 들어 주었지만
어느 사이 바람한테 팔랑인다
내 귀는 팔랑귀

친구가 원피스 입으면
나도 입고 싶어서 따라 입고
내 눈은 팔랑 눈

허물이 없는 친구
꾸밈없는 풀과 풀 사이

환승역

서풍 부는 초저녁
빗자루 구름
여름 하늘을 정갈하게 쓸어낸다
외지 손님 오라고
하늘 마당을 쓰는 게 아니고
내 일상의 환승역
나들잇길을 닦는 것이란다
내 낭만의 날개 드론처럼
하늘 높이 날아오른다

녹두꽃 피다

류순자 지음

발행처   도서출판 청어
발행인   이영철
영업   이동호
홍보   천성래
기획   육재섭
편집   이설빈
디자인   이수빈 | 김영은
제작이사 공병한
인쇄   두리터

등록   1999년 5월 3일
          (제321-3210000251001999000063호)

1판 1쇄 발행 2024년 12월 25일

주소   서울특별시 서초구 남부순환로 364길 8-15 동일빌딩 2층
대표전화 02-586-0477
팩시밀리 0303-0942-0478
홈페이지 www.chungeobook.com
E-mail   ppi20@hanmail.net

ISBN   979-11-6855-307-1(03810)